Hello, Innocent
3
Mayu Sakai

Charaktere

Yui Hosho
Ist Yukito zufällig in einem Gamecenter begegnet und hat sich später als seine Klassenkameradin herausgestellt.
Yukito Hayase
Geht in die zehnte Klasse. Lebt mit seiner kleinen Schwester bei der Oma. Er kann einfach alles, sehr zum Neid seiner Mitschüler.
Haruka Sugimoto
Yukitos Kindheitsfreundin, deren Familie mit seiner befreundet ist. Sie ist in Yukito verliebt!
Ijima & Yamazaki
Klassenkameraden von Yukito.
Nao Hayase
Yukitos kleine Schwester, die noch auf der Grundschule ist.

Story

Yukito Hayase ist seit Kurzem auf der Highschool. Er ist Stipendiat und obendrein sehr sportlich. Nur in der Liebe ist er ein Spätzünder und ahnt nichts davon, dass seine Kindheitsfreundin Haruka Gefühle für ihn hegt.

Als Yukito eines Nachts im Gamecenter angepöbelt wird, kommt ihm ein unbekanntes Mädchen zu Hilfe, das sich tags darauf als seine Klassenkameradin Yui Hosho entpuppt, die schon seit Beginn des Schuljahres dem Unterricht fernbleibt.

Auf dem Kennenlerntrip des neuen Jahrgangs verrät Yui nur Yukito ihre LINE-ID. Als sie einen Abhang hinunterstürzt, rettet Yukito sie und es scheint so, als würde Yui langsam beginnen, sich ihm zu öffnen.

Nao verletzt in der Schule einen Klassenkameraden, der sich über Yukitos selbst gemachte Lunchbox lustig gemacht hat. Als Yukito sie nicht einmal dafür ausschimpft, lässt sie ihren angestauten Frust an ihm aus!

Inhalt

Mayu Sakai

Pschaaa
»Was ist denn los?«

【Innocent . 10】

Hello, Innocent

Über die Coverillu von Kapitel 10 & mehr + Begrüßung

(※ Diese Texte können Spoiler enthalten, also lest bitte zuerst das Kapitel!!)

Hallo, alle zusammen! Ich fange mal wieder beim Cover des Bandes an: Was sagt ihr zu diesem saftigen Grün? Ab Band 2 habe ich farblich eine solche 180-Grad-Wendung hingelegt, dass ihr euch bestimmt fragt, ob die gute alte MYPN emotional instabil ist. Aber mir geht's blendend wie immer! (Lach) Ich bin sehr dankbar, dass das Titelbild von Kapitel 10 eine Doppelseite bekommen hat. Ich bin allerdings ein kleiner Querkopf. Je mehr Platz ich auf der Leinwand zur Verfügung habe, desto kleiner will ich die Figuren zeichnen. (Lach)

Schwupp
ぱっ!!
... !!
GOOD MORNING
81
RIBON2020
Oh?
K... K... K...
Klopf doch an!!
Oh ...
Ach so.
Sorry.
Pff ...
Du siehst so dünn aus, aber ...
... du bist halt ein Junge.
Mir ist der Pulli viel zu groß.
Sie hat mich so gesehen ...
Tut mir leid ...
... dass ich mir deine Klamotten borge.
Und danke für das Hand-
tuch ...

Kein Ding.
Kann ich was essen? Ich muss gleich arbeiten.
Äh …
Ja, klar!
…
Sie ist …
… genauso wie immer.
Und sie wirkt auch nicht übertrieben besorgt um mich.
Das ist …
… irgendwie beruhigend.
Musst du nicht nach Hause?
Äh …
Nein.
Wegen Nao und so.
Habt ihr zwei euch gestritten? Nao kann bei uns übernachten.
Haruka hat gerade geschrieben …
… dass sie heute …
… bei ihr schläft …
…
»Ich hasse …
… dass du so bist!«

ずーん…
Depri
Oh
Geht's um sie?
Mampf
もしゃ
Mampf
もしゃ
Verstehe …
Darum warst du so aufgelöst.
Ich hab das alles doch nur gemacht, weil ich nicht wollte …
… dass Nao sich einsam fühlt.
Oder war ich nur selbstgefällig und aufdringlich … ?
…

Kram
Kram
Hm ...
WORD CARDS
STUDY
Weltgeschichte 1
Die kannst du wiederhaben.
Haah ...
Du machst mich echt fertig.
Hab ich dich um Hilfe gebeten?
Ja, du bist aufdringlich. Und wie!
Schock
Aber dank dir ...
... hab ich zum ersten Mal in meinem Leben so viele Antworten gewusst.

Ich finde jedenfalls nicht ...
... dass deine Aufdringlichkeit in jedem Fall fehl am Platz ist.
Aber ...
... Nao ...
... und Haruka ...
... sind vermutlich gar nicht so schwach, wie du denkst.

Auch wenn du dich dafür verantwortlich fühlst, Nao zu beschützen ...
... will sie vielleicht lieber, dass ihr euren Alltag als Team meistert.

Als Team ...?
Nao ...
Hm!

Soll ich dich trösten?
...
J...
Ja, bitte ...

Patt
Patt
GOOD MORNING
81
RIRON2020
Wie weicher Regen ...

Hallo!! **1**

Einen wunderschönen guten Tag. Guckt ihr trotz der anhaltenden Hitze fleißig die Olympischen Spiele? Hier ist MYPN (im Juli 2021).

Es kommt mir immer noch so vor, als hätte ich diese Serie gerade erst begonnen, dabei sind wir schon bei Band 3! Vielen Dank! Meine letzten beiden Serien hatten ja jeweils nur fünf Bände, darum will mir mein Gehirn vorgaukeln, dass wir schon über die Hälfte hinaus sind, aber wer weiß? (Lach) Lasst mich die Geschichte noch ein wenig länger fortführen! (Lach)

Nun ja, ich werde einfach weiterzeichnen, was das Zeug hält, und bin glücklich, wenn ihr mich noch eine Weile begleitet!

Und nun geht's los mit dem Randspaltentalk von Band 3!

Ich nehme wie immer null Rücksicht auf die aktuelle Atmosphäre der Story.

Sorry!

ザッ
Pschaaa
Die Klausuren sind vorbei!!
Und mit mir ist's auch vorbei! (Heul)
Wollen wir auf dem Heimweg noch irgendwohin, Yui?!
Wäääh!
Sorry. Muss Mittagsschlaf machen.
Aber Schlaf ist natürlich wichtig!
agt
fach
gend-
was)
Und was ist mit dir, Yukki? Lass uns noch was machen!
Sorry, ich muss Nao ihre Lunchbox bringen.
Oh, das ist natürlich wi…
Was?!

Hm?
Sugi-
moto?
T... Tut
mir leid,
Yukito.
Wir haben
Nao eine
Lunchbox
mitgegeben
...
Ich dachte,
das gehört
einfach mit
dazu.
Oh
...
Ach
so!
Danke!
Und
sorry
wegen
der Um-
stände.
T... T...
Tut mir
leid
...
Warum
entschul-
digst du
dich?
Mir
tut es
leid, dass
ich nicht
Bescheid
gesagt
hab.
Bitte
richte deiner
Mutter meinen
Dank aus.
Tja
...
Gebt
mir ein
Loch
...
Oh!

Dann kannst du sie haben, Hosho.
Hä? ?
Sonst kaufst du dir zum Mit-tag wieder Gyudon*.
Hier ist mehr Gemüse drin.
Also, bitte, wenn du magst.
* Reis mit gekochtem Rindfleisch.
Bye-bye, Yui! ♡
Ist das sein Ernst?
Was? Ich will Hayases Lunchbox auch sehen!
Zeig mal, Hosho!
Mach sie auf! Mach sie auf!
Plopp

Handschmerzen 2

Seit ungefähr zwei Monaten tut meine Hand weh. Sage ich, nachdem ich euch gerade versprochen habe, zu zeichnen, was das Zeug hält. Ich hab es auch noch nie irgendwo erwähnt, weder in einem Manga noch auf Social Media und auch nicht in der Redaktion. Ich wollte nicht, dass sich jemand Sorgen macht.

Aber hier schreib ich darüber. (Lach)

Na ja, Handschmerzen habe ich auch sonst jeden Monat, wenn ich mit meinem Manuskript fertig bin (also normale Ermüdungserscheinungen), aber dieses Mal ist es ein wenig anders. Als ich vor zwei Monaten eine Mülltüte zubinden wollte und mit einem Ruck den Knoten festzog, riss einer der Henkel ab, woraufhin ich mit voller Wucht mit meiner Hand gegen die Wand knallte?!

← Das ist der gerissene Henkel.

Da ich mehr oder weniger mit der flachen Hand aufgeprallt bin, tat es zwar im ersten Moment weh, aber ansonsten schien alles so weit in Ordnung zu sein.

Fortsetzung folgt ...

Nao! Nao!
Da ist ein Mädchen von der High-school!
Sie sagt, wir sollen dich holen!
Hm ...?
Haru?
Hey.
Da bist du ja.
Glück gehabt.
Diese Grundschule liegt am dichtesten an Harukas Haus.
Darum hab ich's einfach hier versucht.

Wa...
Was willst du?
Hier.
Von deinem Bruder.
Du bist noch im Wachstum, da schaffst du locker zwei Lunchboxen, oder?
Knips
Hä?!
Was ...?
?!
Was ...?!
Stopp mal!
Warum fotografierst ...
?!
Na bitte.
»Essen ausgeliefert.« Und senden ...
Tipp Tipp Tipp Tipp Tipp
?!
Ey, was machst du da, Hayase?
Mit wem redest du?
Boah!
Ist die hübsch!

Sekine ...
Was hast du da?
Wieder so eine langweilige, eklige Lunchbox?
Was geht dich das an?
Verzieh dich ins Klassenzimmer!
Wie jetzt? Darfst du so mit mir reden?
Soll ich der Lehrerin sagen ...
... dass du mir gegenüber wieder gewalttätig warst?
Was ...?
Pack
は!!
Hä?
Du bist also ...
... der Rotzlöffel, der Nao immer ärgert!

Komm mal kurz mit!
Zerr
Hä ...?!
Zerr
Was willst du? Lass mich los!
Zerr
Das ...
... nennst du gewalttätig?!
Zerr
So geht ...
... gewalttätig!
Dosch
Sekine!!
Aua ...
Die ist ja irre!
S... So darf ...
... eine Highschool-Schülerin ...
... Grundschüler nicht behandeln!!
Das werd ich petzen!
Dann verhaftet dich die Polizei ...
... und du fliegst von der Schule! Und dann ist dein Leben gelaufen!

Soso ...
Mein Leben ist gelaufen, ja?
Na und?

Ruf doch die Lehrer und die Polizei!
Selbst wenn sie mich einbuchten, komm ich irgendwann wieder raus.
Und dann jag ich dich bis ans Ende der Welt und mach dir das Leben zur Hölle!

Wenn du das nicht willst, dann verletz nie wieder jemanden!
Sekine ... Die meint's ernst!
Uwah!
A...
Aber ...
... ich wollte ...
... sie doch nicht verletzen ...!
Ich hab nur Spaß ...
Pah!
War ja klar.
Du wolltest nur ein bisschen stänkern, weil du in sie verknallt bist, und dachtest: »Vielleicht beachtet sie mich ja dann. ♡«
!!
Kann ich verstehen. Nao ist ja auch süß.
Aber ich kann dir versichern, damit bewirkst du hundertpro das Gegenteil.
Die Familie Hayase hat echt krasse Gene.
Was ist das für ein Foto?

Oh!
Sie ist noch hier!
Ho...
Kennst du Naos Bruder überhaupt?
!
Er ist ...
... supergut in der Schule, sportlich, stark und total nett.
Dazu sieht er extrem gut aus ...
... und sorgt sich selbst um Leute wie mich.
Und obwohl er so ein toller Mensch ist, arbeitet er hart und würde alles für seine Schwester tun.
Er ist einfach nur unglaublich cool.

Und so jemanden hat Nao jeden Tag direkt vor der Nase!
Deine versteckten Annäherungsversuche kannst du dir also sparen.
Wenn du sie beeindrucken willst, musst du schon direkt angreifen!
Verstanden, Rotzlöffel?!
Oh!
Yukito!
Oh
Da bist du ja. Ganz schön fix.
Ich wusste gar nicht, was los ist

Erzähl ihm auch mal was.
...
Du bist also Sekine.
Tut mir leid wegen gestern.
Geht's dir wieder besser?
J... J... Ja!
War nur 'ne Schürf-wunde!
Alles bestens!
Oh, der scheint normal zu sein, oder?!
Ähm ...
Wir gehen dann mal, ja?
Oh! Warte.
Sekine also ...
Okay, hab ich mir gemerkt.

Wääääh!
Nanu?
Hab ich ihnen irgendwie Angst gemacht?
Merkst du nix?
Nao ...
Ich hab doch ...
Press
... gesagt, ich brauch keine Lunchbox.

Nao.
Ich hab mich nicht übernommen.
Ich hab's nur getan, weil ich es wollte.
Weil ich mich freue, wenn du dich freust.
...!
Das ...
... weiß ich doch.
Aber ...
... nach den ganzen Klausuren bin ich erschöpft. Also: Hilfst du mir heute mit dem Abendessen ...
... und gehst mit mir einkaufen?
...!
Ja!!

Naooo!
Ist alles okay ?!
Heeey!
Ah!
Oh nein!
Ich muss schnell essen! Die Mittagspause ist gleich um!
Ich geh wieder rein.
Frittiertes Hühnchen?
Und Kartoffelsalat ...
Und du traust dich ...
... auch wirklich allein ins Klassenzimmer zurück?
Lern fleißig!
Okay.
Hört, hört ...

Ich bin ja nicht allein.
?
Team Wehe-wenn-man-sie-wütend-macht
Guck
じー
Haru ist mir trotzdem lieber. Die ist nett ...
Und macht mir süße Frisuren.
ぶっ
ぶっ
Nörgel
Hä?
Frisuren?
Ist doch unwichtig. Hauptsache, man hat 'nen Kopf.
Bist du dumm?
Hosho ...
Aber ...

... Freundinnen ...
... können wir meinetwegen werden.
Nao!
Danke.
Da sag ich nicht Nein.

Gehen wir?
Oh ...
Der Regen hat aufgehört.
»Er ist einfach nur unglaublich cool.«

【Innocent . 11】

Über die Coverillu von Kapitel 11 & mehr

Da dieses Kapitel im Klub spielt, habe ich Yui eine Gitarre in die Hand gegeben. Ich zeichne manchmal Konzertberichte, wenn ich eine Band, die ich mag, live gesehen hab, und stelle jedes Mal fest, wie schwer es ist, Instrumente zu zeichnen. Ich liebe diese Underground-Atmosphäre, die Livehäuser oft haben, und hoffe, dass das in diesem Kapitel rüberkommt. Die Arbeit daran hat jedenfalls richtig Spaß gemacht, auch wenn mich das Tuschen der vielen Randfiguren fast umgebracht hat ... (Lach)
(Auch in solchen Szenen tusche ich 90 Prozent der Figuren selbst.)

Hach!
Zu Hause ist's einfach am schönsten.
Bei den Untersuchungen …
… wurden zwar ein paar kleine Sachen gefunden …
… aber keine ernste Krankheit …
Was möchtest du zum Abendessen?
Ich mach dir, was du willst.
Hey! Du sollst dich schonen!
… darum konnte Oma entlassen werden.
Sie ist zwar noch nicht wieder ganz fit …
… aber fürs Erste können wir aufatmen.
Schmunzel
Nao freut sich total.
Oh!
Eure Oma ist wieder zu Hause?

Ja.
Gott sei Dank!
Deine Oma, Yukki?
Ein Glück!
Dann lasst uns nachher feiern ...
Zum Feiern ist dir jeder Grund recht, oder?
Wieso? Das muss aber doch gefeiert werden!
...
Willst du ...
... trotzdem nicht in die Kendo-AG zurück?
Es muss ja nicht gleich sein ...
... aber vielleicht nach den Sommerferien ...
Hm ...

Aber es könnte ja mal wieder was sein.
Und das würde meinem Team Probleme bereiten ...
... falls wir gerade einen Mannschaftswettbewerb oder ein Auswärtsturnier hätten.
Waaas ?!
Nein!
Aber du musst doch auch deine Jugend genießen, Yukki!
Lass uns was Schönes unternehmen!
Nein!
Ijima ...!
Ich bin ganz deiner Meinung!
Nein!
Meine Jugend genießen?
Leichter gesagt als getan ...
Was?!
Nein!
Das geht nicht!
Yui?
Mit wem telefoniert sie da?

Darum kann ich ihn nicht bit...
...?
Hosho!
Lauf mir nicht hinterher.
Was ist los? Stimmt irgendwas nicht?
Ach, das war nur mein Chef ...
Der aus ...
... dem Musik-klub?

Jemand ist plötzlich ausgefallen ...
... und jetzt fragt er, ob du nicht einspringen könntest.
Was?
Nein.
Lass gut sein.
Und Jobben ist eh gegen die Schulregeln.
Vergiss es einfach.
...

Mensch ...
... du bist echt meine Rettung!
Gut, dass ich Yui auf dich angesetzt hab! Ich dachte, fragen kostet ja nichts! ♡
Ich will den ngen, der neulich nass geworden ist! Der sah voll gut aus!
Achtet nur aufs Gesicht ...
Klar.
Aber ich mach so was zum ersten Mal.
Ich hoffe, ich kann das.
Keine Sorge! Auf gute Zusammen-arbeit!

Hand-schmerzen (Fortsetzung) 3

Nebenbei gesagt, hatte ich auch keine Probleme, einen Stift zu halten und zu zeichnen, war also beim Arbeiten nicht sonderlich eingeschränkt, darum ging ich von einer leichten Prellung aus, die früher oder später von selbst heilen würde. Doch nun sind schon fast zwei Monate um. ***Und meine Hand tut noch immer weh.***

Inzwischen auch beim Zeichnen. Und wenn ich einen dickeren Gegenstand halten will, kann ich vor Schmerzen nicht zugreifen. Ich kann auch keine Faust machen oder meine Hand vollständig aufmachen, darum habe ich mittlerweile Angst, dass sie vielleicht nicht gebrochen, aber zumindest angebrochen ist.

Aber? Wie einigen von euch sicher schon aufgefallen ist, schreibe ich dafür gerade ganz schöne Romane. (Lach)

Tadaaa!
D... Das kneift am Ohr.
Ich hab ihn mal etwas aufgepeppt! ♡
Heißt es darum: »Wer schön sein will, muss leiden«?
Was sagst du, Yui? Sieht er nicht cool aus?
...
Na ja.
Warum nicht?
Nanu? ♡
Du bist ja ganz verlegen!
?!
Bin ich nicht!

Yukito ist ja auch echt cool, oder? ♡
Ich bin nicht verlegen!
»Er ist einfach nur unglaublich cool.«
Uwah ...
Das erinnert mich an gestern.
Hey, wieso werdet ihr rot?
Weiht mich ein!
かぁ――…
Blush
Mann!
Jetzt hör schon auf!
Komm, Yukito! Ich zeig dir, was du machen musst!
Ohooo? ♡
Beim ersten Drink musst du nur das Getränke-Ticket einsammeln.
Ab dem zweiten Drink kostet's. Hier stehen die Preise.
Und aus diesen Kästen füllst du den Kühlschrank auf.
Cassis Orange
Cassis Soda
Softdrinks
Oolong-Tee
Eiskaffee
Café au Lait
Coca Cola
Gingerale

Okay.
Falls ich zum Verkaufs-stand muss ...
... frag mich zur Not per Inter-com.
Alles klar.
...
Danke ...
... dass du Ja gesagt hast.
Ich schulde dem Chef so einiges, darum kann ich ...
... ihm nur schwer was ab-schlagen.
...
Was ...?
Nichts.
Ich glaub, sie hat sich zum ersten Mal ...
... bei mir bedankt.
Schon gut.

Für mich ist das hier ja komplettes Neuland.
Aber es macht echt Spaß.
Wir öffnen in fünf Minu-ten!
Macht euch bereit!
Oh!
Du arbeitest heute, Yui?!
Re:BORN
START
16:30

Hey, Aki.
Lange her.
Hä?!
Und wer ist der Hottie da neben dir?!
Echt krass, das Gesicht!
Etwa dein neuer Freund?!
Hast du dich von Ryuki ge-trennt ?!
Äh ...
Nei...
Aki!
Ich hab doch gesagt, dann bin ich der Nächste!
Zurück in die Garde-robe mit euch!
Ihr seid erst die dritte Band!
Wer nicht hört, kriegt Hausverbot!
Ich geb mein Bestes, Yui, also guck uns nachher zu, ja?!
Buuuh!
Sorry!
Wir öffnen jetzt!
Yui, hilf am Ver-kaufs-stand!
Okay!

Immer noch die Handschmerzen 4

Ja, ganz genau. Die Schmerzen sind nämlich nicht so stark, dass ich sie nicht aushalten könnte, sondern gerade noch in dem Bereich, dass ich meinen Alltag bestreiten kann. Es gibt auch keine konkrete Stelle, die besonders wehtut, wenn ich draufdrücke. Nur wenn ich nach Dingen greife, durchfährt mich plötzlich ein Schmerz, sodass ich nicht richtig zupacken kann. Und da ist mir eingefallen, dass sich bei Leuten, die ihr Handy immer auf dieselbe Weise halten, Deformationen an den Fingern bilden können, die dann zu Schmerzen führen. Das hab ich mal irgendwo gehört. Vielleicht ist das, was ich habe, auch so was in der Art. Es muss ja nicht zwangsläufig das Handy schuld sein, sondern es wäre doch denkbar, dass ich mir, nachdem ich gegen die Wand geknallt war, unbewusst eine komische Handhaltung angewöhnt hab, um die Schmerzen zu kompensieren. Dadurch hab ich mich vielleicht verkrampft, sodass ich jetzt so was wie Muskelkater verspüre. Also, irgendwie so was jedenfalls ...

Wow, ist das laut.
Mein ganzer Körper vibriert.

Dazu die Scheinwerfe…
… und die Hitze …
Mir ist ein bisschen schwindelig.
ざわ Lärm
ざわ Lärm
Ähm …
Ich hätte gern ein Ginger-ale.
Arbeitest du hier? Du bist süß. ♡
Ja.
ざわ Lärm
Sie sind fertig.
Dann kommt jetzt die dritte Band.
Oh!
Hosho!
Bist du nicht am Verkaufs-stand?
Der Chef sagt, ich soll mir die Band ansehen.
Das ist die letzte.
Geh doch auch mit vor die Bühne, Yukito.
Das macht mehr Spaß, als von hier hinten zuzu-gucken.

Drängel
ぎゅう
Drängel
ぎゅう
Weiter als bis hier kommt man nicht durch.
Alles okay, Hosh...
Whoa?!
Was wird das denn?!
ふわっ
Wah!
Zack
Hä?!

Ah! Er wird mich treffen!
Nanu ...?
Bamm

Passt doch auf …!

Bist du okay ... ... Hosho?
Es ist zwar ein bisschen eng ...
... aber bleib lieber so, bis der Song vorb...

Heeey!
Ihr dahinten! Hier wird nicht geschmust!
びくっ
Schreck
Skrietsch
Hört mal, Leute! Mir wurde heute das Herz gebrochen!
...
Yui!
Wenn du von dem Kerl da genug hast, flüchte dich jederzeit in meine Arme!
Waaaaas?!
Ha ha ha! Du Armer!

Den letzten Song widme ich Yui!
Hört ihn euch an!
I'll kill you!
Jetzt bring sie mal nicht gleich um.
Blöder Titel!
Ha ha ha ha!
Waaas?
Wer zum Teufel ist Yui?!
(Männerstimme)
Ha ha ha ha!
Du bist so süß, Akiii!
Nimm das Mikro nicht immer für dein Gelaber in Beschlag!
(Wütende Bandmitglieder)
Du hast doch mich!
(Männerstimme)
Ha ha ha ha ha!
Komplettes Chaos
Aber mal im Ernst. Ihr seid echt ein schönes Paar!
Sei ja lieb zu Yui, Mr Boyfriend!
Ich sag doch, wir sind nicht zusammen!
Sst

Du kannst Schluss machen, Yukito!
Gute Arbeit!
Alles klar.
Dann zieh ich mich um.
Klack

Uff
Bin ich platt ...
Ich bin noch so im Rausch ...
... dass ich mich gar nicht wie ich selbst fühle.
Boff
Bin mal so frei.
Aber ...
... irgendwie ...
... hat es ...
... total Spaß gemacht.
Klopf
Klopf
Yukito!

Klopft diesmal brav an
Bist du fertig umgezogen?
Stille
しーん…
Yukito?
Ich komm rein.
Klack
ガチャ
Zzz
すや…

Yukito!
Dein Loh...
Psst!
Oh! Ich komm später noch mal wieder.
Kriek
ギシ…

【Innocent . 12】

Über die Coverillu von Kapitel 12 & mehr

Ich wollte Yui gern mit Pferdeschwanz zeichnen, also hab ich es mal versucht. Ich hoffe, es ist mir gelungen, ihre Äuglein schön klar schimmern zu lassen. Mir gefällt das Bild jedenfalls ziemlich gut.
Das Reinigen des Schulpools ist so eine typische Jugenderfahrung, oder? Das Logo von Ijimas Wasserpistole habe ich übrigens eine meiner Assistentinnen entwerfen lassen und als dieses coole Design zurückkam, war ich total froh, dass ich es nicht selbst gezeichnet habe. (Lach)

Die gute MYPN ist übrigens eine Bleiente, darum waren die Stunden im Schulpool immer unangenehm für mich. Ich kann auch nur 15 Meter am Stück schwimmen.

Sagst du heute schon zum fünften Mal.
Da will ich meine Energie für andere Dinge als zum Putzen verwenden!
Zum Beispiel für Gruppen-Blind-Dates oder für Gruppen-Blind-Dates oder für Gruppen-Blind-Dates!
Aber …
… es ist Sommer!
Und ich bin nur einmal sechzehn!
Dabei beteuerst du dauernd Yui deine Liebe!
Hast du sie schon aufgegeben?
…
Das muss man …
… getrennt sehen!
Das sind ja erfrischende Ansichten.

Schnauze!!
Diese Strategie (?) nennt man »Erfahrungen sammeln, um sich auf den Ernstfall vorzubereiten«!
Kapiert?!
Uwah! Hast du keine Angst davor, dich unbeliebt zu machen?
Und darum …
… brauch ich deinen Rat! Du hast doch reichlich Erfahrung, Yukki! ♡
Eine Erfolgstaktik für Gruppen-Blind-Dates, bitte! Schieß los!
Äh …
Aber ich hatte noch nie eine Freundin.
Und ich war auch noch nie bei so was.
?!
Ha, das sagen sie alle!
Typisch!

Handschmerzen (letzter Teil) 5

Und wenn ihr jetzt denkt: »Wie hat sie es geschafft, mit dem Thema vier Spalten zu füllen? Dann geht's ihrer Hand doch gut?«, bin ich ganz eurer Meinung. (Lach)

So sieht's jedenfalls aus. Und da wir gerade mitten in einer Pandemie sind, zögere ich, zum Arzt gehen, denn wenn ich die Hand röntgen lasse und am Ende gar nichts damit ist, habe ich umsonst medizinische Kapazitäten in Anspruch genommen. Und so überlege ich nun schon seit zwei Monaten hin und her. Abgesehen davon, wenn die Hand wirklich angebrochen sein sollte, müsste sie in der Zwischenzeit ja schon wieder verheilt sein, aber da das nicht der Fall ist, ist es vielleicht doch nicht der Knochen? Aber was dann??

Ist mir eigentlich auch ganz egal. Ich will einfach nur, dass die Schmerzen verschwinden, zumal es sich auch noch um meine Schreibhand handelt. Außerdem habe ich gerade superviel zu tun, da schlaucht es auf Dauer ganz schön, wenn einem bei jeder Kleinigkeit die Hand wehtut.

Ijima hat heute fünfmal gejammert …
… und du hast schon fünfmal geseufzt.
War irgend-was?
Ist aber die Wahr-heit.
Das war Nummer fünf.
Yamazaki entgeht echt nichts.
Und über-haupt …
Wenn ich wirklich »reichlich Erfahrung hätte«, dann …
»Yukito? Ich komm rein.«
Klack
ガチャ
Hm …

Mist, bin einge- pennt.
Ich muss auf- stehen.
Kriek
Hä?

Yuiii!
Ich brauch dich mal kurz!
Ich komme!

Klack
Pamm
Hä?
Was …
Und das vorhin?
Ich hab's auf die Situation geschoben …
… aber da hat sie auch schon …
Was war das denn?!

Nein.
Nein, nein.
Da war's eng.
Vielleicht wollte sie mich nur stützen.
Aber ...
... so hat sie bisher noch nie geguckt.
Ihr Gesichts-ausdruck war so weich.

Wachsende Liebe 6

Meine Molcar-Liebe kennt inzwischen keine Grenzen mehr. Ich war sogar in der Molcar Town-Ausstellung und den Kinofilm möchte ich auch sehen. Ich will nämlich einen dieser quietschenden Molcar-Bälle, die es als Extra beim Eintritt gibt ...

Im letzten Band habe ich ja geschrieben, dass Shiromo mein Favorit ist, aber seit ich Folge zehn gesehen hab, in der es um Abbey ging, ist er mein absoluter Liebling. Nein, falsch. Im Grunde liebe ich sie alle!! (Lach) Und zwar so sehr, dass ich mich bei Merchandise über jedes Molcar aufrichtig freue, ganz egal, wen von ihnen ich ziehe. Aber!! Wenn ich Abbey bekomme ...? Abbeeey ...? ♡

Neben meinem Twitternamen habe ich ja momentan eine Wolke → ☁, und zwar deshalb, weil ich zeigen will, wie sehr ich den weißen Fluff auf Abbeys Rücken liebe. (Das verstehe, wer will.) Ich liebe Molcars einfach über alles!! ♡

Leute, die wirklich »reichlich Erfahrung« haben ...
Wir haben den Müll rausgebracht.
Diese Hitze ...
... sind bestimmt nicht so verwirrt über ihre eigenen Gefühle, oder?
Yui! Sugimoto!
Da seid ihr ja wieder!
Danke, das war nett!
Heiß ...

Nanu?
Irgendwie …
… kommt mir Hosho …
… heute so …
Wupp
ぱっ

Pack
Hmpf!
Was?
Ach ...
... nichts.
Was war das denn?!
Was ist?
Du benimmst dich echt seltsam!
Ja, Yukki, du bist heute irgendwie komisch.
Ich frag mich, warum.
Dodomm
Grins
Grins

Ach, lasst Yukki doch komisch sein! Wir sollten lieber irgendwas Schönes machen! ♡
Hmm …
Übrigens!
Ich hab da etwas entdeckt!
Wenn man mit dem Putzzeug Baseball spielt …
… machen sich Schaufeln viel besser als Schläger als Bese…
Schwing
Dosch
Urgh!
Matsuo!
Sport-lehrer →

Schmerz
Schmerz
Iii...
...jii...
...iii...
...maaa!
Ieks!
Tut mir leid!
Na schön!
Wenn ihr das Putzzeug so liebt ...
... dürft ihr gern noch mehr Zeit damit verbringen!
Urgs!

Schrubb
Schrubb
Mann ...
... ist das eine Affen-hitze!
Erklärung
Ihr putzt den Pool! Und zwar alle!
Waaas?!
Wieso bin ich hier ...?
← hat Ijimas Trainingsjacke erbeutet
Sie sieht aus wie Jamilar*.
Wäääh!
Es tut mir so leid ...
... Yuiii!
* Monster aus Ultraman.

Blinzel
Uh ...
Das blendet so.
Geht es?
Du hast ja auch so helle Augen.
Ohne Wasser reflektieren die Kacheln im Pool ganz schön.
Und warum putzt du mit, Haruka? Das brauchst du doch nicht.
Ist dir nicht heiß?
Du hast ja nichts angestellt.
Ach, alles okay!
Und zusammen geht's viel schneller!

Hey!
Guckt mal, Leute!
Ich hab 'ne Wasserpistole gefunden!
Water
Wo hast du die her?
Von da!
Aus der Umkleide der Schwimm-AG!
Wow!
Krass!
Wie aus Splatoon!
Oh! Du spielst Splatoon?
Lass uns Wasser reinfüllen!

Ach Mensch!
Jetzt albert nicht rum …
… sonst dauert's noch län-ger.
Spritz
びしゃ!
!!
Bwa ha ha ha!
Du triefst ja!
Kyaaah!
Yuki-to!
eig du ber mal Reue!
Pah!
Ohne ein bisschen Spaß hält das doch keiner aus!
Du sagst es, Yui!

Haruka …
Gib mir den Schlauch mal.
Wie? Okay!
Oh!
Du willst kämpfen?
Los, Ijima!
Sehr gut!
Halt Yukito fest!
Jawohl!
Verzeih mir, Yukki!
Pack
Ich tu's für die Liebe!!

Ach so …?
Du glaubst, du hast im Nahkampf eine Chance gegen mich?
Ehemaliger Teilnehmer an der nationalen Mittelschul-meisterschaft im Kendo
Hiek!
Evil Yukki!
Droh ぬ
Kieeeee!
Doppel-schwert-technik!!
Oh, jetzt geht's los.
Swusch さっ
Jetzt!
Ha! はっ
Yukito …!
Splatsch びしゃあっ
Trief ぽた…
WaterGun

Ah ...!
T... T... Tut mir leid!
Ich ...
Bup Bup Bup Bup
Pfft!
Ha ha ha!
Ha ha ha ha ha!
Nicht schlecht, Haruka!
Sie schmeißt sich weg!

Okay, Partner-wechsel!
Ab sofort sind Haruka und ich ein Team!
Und ich bin gefeuert ?!
ガーン
Schock
Sie hat gelacht.
Spritz
びしゃー
Aber ...
Voll süß!
Lach noch mal!

Sie hat laut gelacht.
Gibt's jetzt Schnee?!
Was ist das?
Ich bin total happy.
...
Stopp!
Was denke ich denn da?
Den Pool zu putzen ...
... ist eine Strafarbeit. Es ist heiß, man wird dreckig ...

Warum will ich dann ...
Wir geben uns geschlagen!
... dass dieser Moment nie endet?
Gibst du auf?
Ja, ich geb auf.

Ha ha ha ha!
Und jetzt?!
Meine Hose ist pitschnass.
Hey!
Was fällt euch ein, hier rumzutoben?!
Auweia!

Euch kann man wirklich keine Sekunde aus den Augen lassen!
Bereut ihr eure Tat überhaupt?!
Und Hayase und Sugimoto machen auch noch mit!
Mecker
Schimpf
Mecker
Mecker
Mecker
Schimpf
Lins

Zack!

Auf einen Schlag …
… wird mir bewusst …

... warum ich mich so geblendet fühle ...
... und wie dieses Gefühl in mir heißt.

【Innocent . 13】

Hello, Innocent

Über die Coverillu von Kapitel 13 & mehr

Mit diesem Kapitel feiert *Hello, Innocent* seinen ersten Geburtstag! Trotzdem wollte mir einfach nichts für das Titelbild einfallen und ich hab ewig gebraucht, bis ich auf diese Idee gekommen bin. Für den Hintergrund habe ich ein dunkles Graubeige gewählt (das gaaanz leicht ins Rosé geht), aber ist das überhaupt eine Farbe, die Teenager mögen? Ich wusste erst nicht, ob ich das oder einen Pastellton nehmen soll, aber junge Leute bevorzugen bestimmt klare Farben, oder? Bitte klärt mich auf! (Lach) Mein Eindruck ist jedenfalls, dass gedeckte Farben wie diese eher ab der Uni beliebter werden, aber ich persönlich liebe sie sehr!

Ähm …
Das nennt sich »Eggs Benedict« …
… glaub ich.
Das mein ich nicht!
Ist heute irgendein besonderer Tag?
….
Yukitos Geburtstag ist im Februar …
… meiner ist im März …
Und Omas im Oktober …
Murmel
Murmel
Oh, das sieht ja toll aus!
Ich war nur schon so früh wach und dachte …
… ich kann ja mal was anderes machen.
Also hab ich etwas aufwendigere Frühstücksrezepte gegoogelt.
Okay, ich beklag mich ja nicht.
Guten Appetit.
Nanu?
Isst du gar nicht mit, Yukito?
Nein.
Ich geh früher zur Schule.

Räumst du dann auf?
Bis heute Abend!
Er benimmt sich total seltsam!!
Ich hab letzte Nacht kaum geschlafen.
Trotzdem bin ich gut drauf und fühle mich, als könnte ich alles schaffen.
Aber ich hab komischerweise überhaupt keinen Hunger ...
Als würde nichts reinpassen, weil mein Herz überquillt.

Und die Welt ...
... glitzert und funkelt wie verrückt.
Guten Morgen!
Hi!
Hab die Hausaufgaben vergessen!
Auweia!

Sie ist noch nicht hier.
Irgendwie bin ich ein bisschen nervös (?) …
… sie zu sehen.
Morgen, Yukki!
Das war ein Spaß gestern, oder?! ♬
Ist Yui noch nicht hier?
Nein …
Schön, wenn man seine Gefühle so zeigen kann.
Starr
Äh, ist irgendwas? Du machst mich ja ganz verlegen.
Hmpf!
Dein ewiges »Yui! Yui!« nervt.
Merkst du denn nicht, dass sie dir ausweicht?
Suzumiya …
Kaum tauchst du auf, ermordest du mich.
Ich sag nur die Wahrheit.

Bäh!
Sie kann ja nichts dafür, dass ich in sie verliebt bin, also darf sie das ruhig!
Hört schon auf, ihr zwei …
Was ist denn so toll an der? Doch nur ihr Gesicht …
… oder ?!
Na, einfach alles! Ich kann mich gar nicht entscheiden!
Was so toll an ihr ist …?
Ah!
Sag bloß, du bist in mich verknallt, Suzumiya!
Bist du eifersüchtig auf Yui ?!
Häääh ?!
Geht's noch?! Du spinnst wohl!
Ab sofort heißt du Blödjima!
Ijima.
Steh nicht im Weg rum.
Oh!
Yui! Guten Mo…

ずお～～ん…
Dododooom
Maximal mies drauf
Waah!
Y... Y... Yui?!
Willst du wen verprügeln?!
Die schwarze Maske steht dir viel zu gut!
Quatsch!
Spiel nicht immer gleich verrü...
...hü...
...hü...
Hatschu!!
Erkältung.
Vermutlich...
ずび
Schnief
Hä?!
Bist du okay?!

Weil ich gestern klatschnass nach Hause gegangen bin.
?!
Wegen eines gewissen Jemands, dessen Namen ich nicht nenne.
Iek!
Verzeih mir! Ver-zeih mir!
Es tut mir auf-richtig leid!
Wenn ich irgend-etwas für dich tun ka...
Ha!!
V...
Vielleicht wirst du ge-sund, wenn du mich mit einem Kuss anste...
Halt du jetzt mal deine Klappe!
Mr Super-Optimist!
Warum?! Die Idee ist doch brillant!

Hosho.
Schon dich lieber, wenn's dir schlecht geht.
Wenn du krank bist, kannst du dir doch ruhig freinehmen.
Nein, heute haben wir Kunst.
Äh ...
Na und?
Die unwichtigen Fächer lass ich gern schleifen.
Da hab ich schon so oft gefehlt, und jetzt droht mir unser Lehrer, mich durchfallen zu lassen, wenn ich kein Bild abgebe.
Oh, okay ...
Tja, und da ich kein Fieber hab ...
... nehm ich halt teil.
Zupf

Hach, Mist!
Jetzt muss ich bei der Hitze auch noch mit Mask...
Hatschi
Oje ...
Anscheinend ...
Wir beginnen mit dem Unterricht.
Schickes Hemd, ha ha!
... schwebe nur ich auf Wolken.
Man merkt, dass ich Anfänger bin. Echt peinlich.
Nicht, dass ich es nicht geahnt hätte ...
... aber ich glaub, das wird ein ziemlich steiniger Weg.
»Was ist denn so toll an der?«

Gute Frage ...
Hm ...
Guck
ちら
Sie ist meist mürrisch ...
Hä?
... zeigt nicht, was sie fühlt ...
Was guckst du so?
... und ist manchmal sogar aggro ...
Verzeihung. Nur so.
Aber ...
... vor allem ...
... hat sie einen Freund.

…
Grummel
イラ…
Egal.
Auch wenn ich zig Probleme mit ihm hab …
… ist er der Junge, den Hosho gewählt hat, also sollte ich nicht schlecht über ihn reden …
… oder …?
Haah …
Auweia …
Jetzt seufze ich schon unbewusst. Ich muss mich zusammenreißen.
Sonst macht Yamazaki wieder einen Spruch.

Ich stehe jetzt auf Töpfe 7

Kennt ihr STAUB-Töpfe? Das sind gaaanz schwere, gusseiserne Töpfe mit Emaillebeschichtung, in denen man Gerichte richtig schön langsam und gründlich garen lassen kann, ohne dass das Wasser aus den Zutaten entweicht.

Da man wegen Corona derzeit nirgendwo schick essen gehen kann, wollte ich mir wenigstens zu Hause mal was Schönes kochen und hab deshalb meinen STAUB-Topf ausprobiert. (Gekauft hatte ich ihn schon vor über einem Jahr, aber weil er sogar noch schwerer war, als ich dachte, wurde ich auch schwerfällig (lach) und so verstaubte er im Küchenregal.)

Und was soll ich sagen? Das Hühnchen, das ich damit gekocht habe, schmeckte **unglaublich!!** Man tut einfach nur drei Zwiebeln, zwei Hähnchenkeulenfilets, Salz und zwei Esslöffel Wasser in den Topf, lässt das Ganze für etwa eine Stunde köcheln und schon hat man superleckeres gekochtes Hühnchen zubereitet.

Ruhe bitte!
Ihr habt zwei Stunden Zeit. Gebt die Bilder danach ab.
Los geht's!

Lächel
Aber …
Freunde zu zeichnen, ist schwer.
Ich bin eh nicht gut in Kunst.
Guck mal, Yukki!
Fer-tig!
Was? Schon?
Früher wurde ich immer für meine Bilder gelobt!
Von meinen Eltern und so.
Oh?
Tadaaa!
…
Nanu? Ist dein Gesicht plötzlich eingefroren?
Pling

13:35
XX. Juni
LINE
Hosho: Ich sterb gleich.
Ich sterb gleich.
Hosho?!
Was ...?!
ぱっ
Schreck
Heimlich
Geht's dir schlecht? Ich kann dich ins Krankenzimmer bringen, wenn du willst.
Nein.
Ich find Malen nur echt anstrengend.
Oh ...
Ach so.
Ein Glück.
Außerdem bin ich müde.
Erzähl mir was Lustiges zum Munterwerden.
...
Oh
Sie hat keine Lust mehr.
ermutlich ...

Ich wette, du kannst auch gut zeichnen.
Äh ... Nein, eigentlich nicht.
Und du kriegst bestimmt dauernd Urkunden beim Morgenappell.
Nein, wirklich nicht. In der Grundschule hab ich beim Malwettbewerb im Zoo nur einen Teilnahmepreis bekommen.
Ihr habt im Zoo gezeichnet?
Ja. Habt ihr so was in deiner Schule nicht gemacht?
Nein.
Ich war auch noch nie in einem Zoo.

Was?
Noch nie?
Auch nicht als Kind?
Nein.
Pandas, Giraffen und so kenn ich nur aus Videos.
Ach so …
»Von einem Kerl wie dem …
… will ich kein Geld!«
Sie scheint ja auch familiäre Probleme zu haben.
Dann war das vielleicht schon früher so.

Töpfe – Fortsetzung 8

Wenn man eine Sache beachten sollte, dann vielleicht, dass man etwas besseres Fleisch und Salz benutzt. (Das etwas teurere aus dem Supermarkt reicht aber völlig aus. Man muss nicht extra irgendwas Superhochwertiges aus der Feinkostabteilung eines Kaufhauses nehmen. Das will ich allerdings auch irgendwann mal probieren, ha ha?)

Jedenfalls verstehe ich jetzt voll und ganz, warum diese Töpfe so beliebt sind. Inzwischen stört mich das Gewicht auch gar nicht mehr. Allerdings habe ich meinen ungefähr zu der Zeit, als der letzte Band in Japan erschienen ist, zum ersten Mal benutzt (etwa Mitte März) und jetzt (im Juli) ist es zu heiß zum Kochen, darum habe ich ihn erst mal wieder weggestellt. Aber ich freue mich schon jetzt darauf, wenn es draußen wieder kälter wird? Ich will nämlich schnell wieder damit kochen? (Lach)

Ich besitze übrigens einen runden Topf in Grau mit 22 cm Durchmesser. Für ein bis zwei Personen reichen aber 20 cm. Meiner ist doch recht groß. ;

Pling
Hättest du Lust, in einen zu gehen?
O...
Oje, ich hab's abgeschickt.
Dabei wäre das weder ein Schulevent noch ein Notfall noch Arbeit oder ein zufälliges ...
... Treffen.
Uwah, ich traue mich kaum ...
... zu ihr rüberzugucken.
Pling Pling

Äääh ...
In einen Zoo? Wär das in unserem Alter nicht peinlich?
?!
Hmm ?!
Was bedeuten denn die ganzen Tier-Emojis?
Ist sie etwa doch nicht so abgeneigt, wie sie klingt?
Daran ist doch nichts peinlich.
Außerdem brauchen wir ja niemandem davon zu erzählen, wenn es dich stört.

t doch nichts peinlich.
erdem brauchen wir ja
mandem davon zu erzählen,
enn es dich stört.
Wie wär's nach den Klausuren ...?
...
Ich bin ...
... echt verzweifelt, oder?
Schweigen
しーん…
Nanu?
Sie schreibt nicht mehr ...
...
Dodomm
どきどき
Dodomm

Was denn auch …?
Sie hat ja ’nen Freund.
Zu zweit irgendwohin zu gehen wär wie ein Date.
Ich war zu übermütig.
… auch nichts peinlich.
Außerdem brauchen wir ja niemandem davon zu erzählen, wenn es dich stört.
Wie wär’s nach den Klausuren …?
Tut mir leid. Vergiss es einfach wieder.
Pling
Okay.
!
… !

Hey!
Hier wird nicht privat gezeichnet!
»Was ist denn so toll an der?«
Genau das!
Ich finde sie süß, aber auf eine ganze andere Art als alles, was ich bisher kannte.

Wäre es
falsch, ihr das
zu sagen?

Nanu?
Yukitos Gesichts-ausdruck wechselt dauernd.
Und er tippt im Unterricht auf dem Handy rum ...?
Lach
ふ

Diiing
キ
ーン
Dooong
コ
ーン
10–A
Boah!

Schenkst du mir dein Pandabild, Yui? ♡
Mit Autogramm! ♡
Spaßbremsen wie der ersticken die Talente ihrer Schüler im Keim!
Und diese Beethovenfrisur! Als Kunstlehrer!
Das kannst du haben! Na, los! Komm her!
Hä?!
Egal, ich bin glücklich!
Danke fürs Modellstehen, Haruka.
Zwei Stunden still zu sitzen, ist bestimmt hart.
Hayase, du sollst die Kopien für ...
... die nächste Stunde abholen!
Ja ...
Oh!
Bin auf dem Weg.

»Passwort?
Mein Geburtstag oder so?«
»Das sagt man nicht laut.«

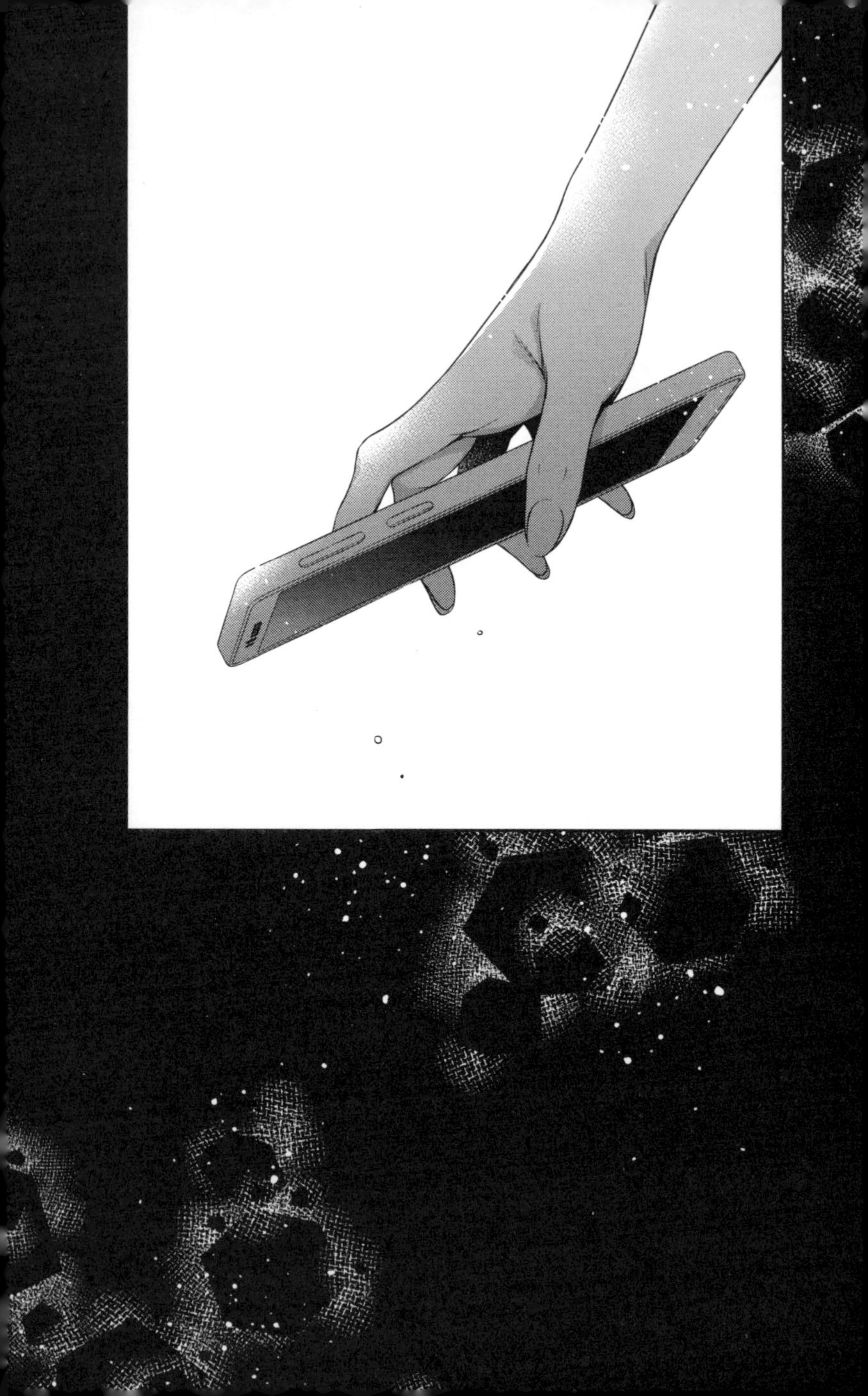

【Innocent . 14】

【Innocent . 14】

Über die Coverillu von Kapitel 14 & mehr

Ich glaube, über dieses Kapitel sollte ich nicht zu viel sagen, also halte ich lieber den Mund.

Hmpf!

Hmmm ...
Hayase stöhnt ...
Das macht er nie.
Ich frag mich, an welcher Aufgabe er hängt.
Haah ...
Pandas kann man ...
... nur im Ueno-Zoo sehen, oder?
Yo!

Und was machen wir am Mittag?
Kaufen wir was im Zoo?
Aber sie will bestimmt nicht so viel Geld aus-geben.
Soll ich uns was kochen? Essen und Getränke ...
... darf man mitbringen, oder?
Hmmmmmmmmmmmmmmmmmmm
Wumms
Ruhe!
!!
Lass das ...
... Hosho!
Hier wird nicht getreten!
Blöd-mann!

Ah!
Oje …
Ich glaub, so aufgeregt …
… war ich in meinem ganzen Leben noch nicht!
Ich frag sie einfach nach den Klausuren.
Bis dahin schreib ich alles auf.

Raun
ざわ
Klausurergebnisse des 1. Jahrgangs zum Ende des 1. Trimesters Plätze 1-20:
1. Hayase, Yukito
Raun
ざわ…

Yukkiii!!
Du Verräter!!
Klausurergebnisse 1. Trimester Klasse 10–A, Nr. 30 Hayase, Yukito
100 100 98 100 98 100
100 100 100 1193 1 1
Klausurergebnisse des 1. Jahrgangs zum Ende des 1. Trimesters Plätze 1-20:
1.193 Punkte?! Geht das über-haupt?!
Du bist ja doch wieder Erster!
Hey! Guck da nicht einfach drauf.
Warum hast du dann beim Schreiben so rumge-stöhnt?!
Was?!
Was hab ich?
Hat's nicht ge-merkt
War zu dem Zeit-punkt schon fertig.
(Lach)
Und wie hast du ab-geschnitten, Hosho?

...
Eh he he!
Wir gehen dann zusammen zur Nachhilfe, oder? ♡
Ich bin in Mathe und Klassischer Literatur durchgefallen. ♡
Ah!
Stimmt ja ...
Die Feriennachhilfe!!
Je nachdem, wie sie abgeschnitten hat, hat sie vielleicht gar keine Zeit, in den Zoo zu gehen!
...
Reich
Äh ...
Du zeigst uns dein Ergebnis?

Hä?!
Platz 76?!
Du hast überall bestanden ...?!
Das ist unter den ersten 50 Prozent!
Waaas?!
Ich hab nicht viel gemacht.
Mehr nicht.
Du meinst die Vokabelkarten?
Dann hast sogar du richtig gelernt?!
Hast du dir selbst auch welche gebastelt?
Warum lasst ihr mich alle im Stich?!
Yukitos Lerntechnik hat mir nur zufällig gelegen.
...!
...

Wow ...
Dann hast du dich ja doch richtig reingehängt!
Du regst mich echt auf!
Was?!
Warum denn?
Moment. Sugimoto ist diesmal gar nicht unter den Top 20.
Oh!
Du hast recht!

Ich hab dieses Mal verhauen ...
Ich wette, du bist trotzdem auf Platz 21 oder so!
Das ist doch gut genug!
Sugi-moto!
Kannst du kurz ins Lehrerzimmer kommen?
Ja.

Wieso denn?
?
Sollen wir draußen auf sie warten?
Vermutlich wegen ihrer Klausurergebnisse.
Ich habe sie gesehen.
Sie ist im Gesamtranking ...
... kurz hinter Hosho gelandet.

Was?
Letztes Mal war sie unter den besten zehn, oder? Und ist sie nicht Halbstipendiatin?
Da haken die Lehrer natürlich nach.
Halbstipendium = Die Hälfte der Schulgebühren wird erlassen. (Yukito ist Vollstipendiat und bezahlt deshalb gar nichts.)
Auweia ...
Vielleicht ging's ihr nicht gut.
Haruka ...

Töpfe, Kochen usw. 9

Übrigens hab ich mich gefragt, ob es mit mehr Zutaten vielleicht sogar noch besser schmeckt, und unter anderem auch mal Karotten, Shiitake-Pilze und Weißkohl mit dazugetan, aber ich persönlich mag die einfache Variante aus Hühnchen und Zwiebeln mit Salz am liebsten. Simple is best?

Schweinebauch hab ich auch mal ohne Rezept gekocht und das Ergebnis war ebenfalls megalecker? Aus der Soße, die übrig war, hab ich anschließend Soße für Sobanudeln gemacht und bin beim Essen fast in Ekstase geraten, weil es so unglaublich gut war. Ich träume noch immer von diesem Geschmack. Kann nicht endlich wieder Winter sein? (Lach)

Natürlich kann man auch im Sommer kochen, aber für mich gibt es kein größeres Glück, als bei kaltem Wetter pustend ein heißes Gericht zu essen??

Ich klinge bestimmt, als würde ich Schleichwerbung für STAUB machen, aber das ist absolut nicht meine Absicht? (Lach) Mit den Töpfen von Le Creuset oder so kann man bestimmt genauso gut kochen. (Lach)

Töpfe sind toll??

Oh!
Da bist du ja, Sugimoto!
Dann mal auf nach Hause!
Habt ihr ... etwa auf mich gewartet?
Na klar!
Komm ...
Lass den Kopf nicht hängen!

Ich bin nicht mal unter den ersten hundert …
… und leb trotzdem munter mein Leben!
Genau!
Genau, Haruka.
Ijima lebt auch noch.
Yukki! Steh mir doch mal bei!
Schön, dass du so putzmunter bist!
Man hat eben auch mal schlechte Tage.
Also lasst uns heute zum Ausgleich einen draufmachen!
Das war klar.
…
Ja …
Danke.

Aber ...
... ich geh trotz-dem lieber direkt nach Hause.
Auch wenn ihr extra auf mich gewartet habt. Tut mir lei...

...!
Wupp
!
Sugimo...
Tapp
Yukki!

Letzte Randspalte 10

In den nächsten zwei Tagen muss ich die drei Extraseiten für das Ende dieses Bandes, ein Bonuskapitel für die Ribon-Sonderausgabe sowie eine (größere) Illustration für eine Magazinbeilage einreichen und wünsche mir gerade allen Ernstes, dass sich doch bitte die Raumzeit krümmen möge. Dabei habe ich normalerweise gar nicht so viel zu tun, aber wenn es kommt, dann alles auf einmal, oder? υ Trotzdem möchte ich natürlich die bestmögliche Arbeit abliefern, also werde ich ranklotzen, so gut ich kann?

Ich gehöre zu den Leuten, die unter Druck zu Höchstform auflaufen?

Das war's mit dem Randspaltentalk für diesen Band??

Alle zehn Kolumnen geschafft?

Und jetzt ab ans Ende des Bandes?

Hast du dich wieder beruhigt?
Hm ...
Dieser Park weckt Erinne-rungen, oder?
Seit wir auf der Highschool sind, kommen wir gar nicht mehr her.
Du hättest doch ruhig ...
... noch was mit den anderen machen können.

Nein, das hätte mir nicht gefallen.
Ich kann dich doch nicht allein lassen.
Wie gesagt ...
Jeder hat mal einen schlechten Tag.
Ich kenn dich doch. Wenn du weiter lernst wie bisher, läuft's beim nächsten Mal wieder.
Okay?

Im Grunde bin ich aber gar nicht besonders schlau.
Ach komm!
Das ist doch Quatsch.
Du warst doch schon immer in allem ...

Ich muss doppelt oder dreimal so viel lernen wie andere, um gerade so mit dem Rest der Klasse mitzuhalten.
Und ich kann nur deshalb schön schreiben, weil ich die japanischen Schriftzeichen wie verrückt geübt hab.
Kochen hab ich mir wieder und wieder von meiner Mutter zeigen lassen.
Schrap
Und sogar Haareflechten hab ich lang geübt.

Weil ich gedacht hab ...
... dass ich das alles können muss, wenn ich mal deine Freundin werden will.

Haru...
Yukito.
Hast du vor, mit Hosho zusammen-zukommen?

Was?!
Wie ...
Ihr habt neulich im Kunstunter-richt so viel Spaß gehabt.
Und in der Pause ...
... war ich ...
Ich ...
... war drauf und dran ...
... mir die Nachrichten auf deinem Handy anzu-sehen!
...

Passwort eingeben
Ich hatte schon ...
... das Passwort eingege-ben.
Aber als es tatsächlich funktioniert hat, hab ich plötzlich Angst bekommen.
Nicht davor, eure Nachrichten zu sehen ...
... sondern vor mir selbst.

Es tut mir leid ...
Ich weiß, dass du mich jetzt vermutlich hasst.
Aber ...
... ich kann ein-fach nicht mehr.

Ich liebe dich, Yukito.
Ich will dich nicht hergeben.

Haruka …
Wein doch nicht …
… Haruka.

Tut mir leid ...
An deine Gefühle ... hab ich überhaupt nicht gedacht.
Ich dachte immer ...
... dass du ...
... so hilfsbereit bist, weil meine Familie und ich ... dir leidtun.
... !
Wie kommst du denn darauf?!
Schon seit ...
... unserer ersten Begegnung ...
... war ich immer nur in dich verliebt.
»Komm, sag Hallo, Yukito.«

Das ist Haruka. Ihre Mutter war ...
... mit Mama befreundet.
Hallo, Yukito. Ich hoffe, ihr werdet Freunde.
Wenn ihr was braucht, sagt einfach Bescheid.
Okay, Nao?
Ja!
Vielen Dank.
Kommt!
Wir gehen in mein Zimmer und spielen was!
Ja, spielen!

Bist du sicher ...
... dass du nicht jemand Besseres willst?

Du bist der Einzige, den ich will!

Hello, Innocent【3】/ Ende

B-Seiten

Auch wenn im Hauptteil gerade ein Sturm aufzieht, bleibt auf den Bonusseiten alles schön harmonisch. (Lach)

Ich mag Yuis Gesicht in dieser Vorschau-Illustration. Wenn sie die Bluse und den Pullover ihrer Schuluniform wie vorgeschrieben trägt, wirkt sie schon beinahe brav (?), oder? (Lach)

Ich persönlich mag ja lieber Winterklamotten, darum hoffe ich, dass die Blazersaison ganz schnell zurückkommt!?

Eine nächtliche Tragödie

Es passierte während der Arbeit an Kapitel 12. Um halb zwei Uhr nachts war ich fast fertig mit dem Zeichnen eines Gesichts in der Größe, mit der ich immer am meisten Probleme habe, und wollte gerade zu Bett gehen, als plötzlich ohne jede Vorwarnung der Strom ausging. Und nicht nur am PC, auch meine Schreibtischlampe, die Klimaanlage und alles andere war aus.
Ich dachte noch: »Wann hab ich eigentlich zuletzt gespeichert?!«
Drei Sekunden später setzte die Panik ein: »Ist nur bei mir Stromausfall? Wann geht der Strom wieder an? Kann ich am iPad weiterzeichnen, falls es länger dauert? Ist es überhaupt aufgeladen?!« (Wenn ich an einem Manuskript sitze, lasse ich nämlich alles andere schleifen, ha ha!) Nachdem ich ungefähr fünf Minuten in der stockfinsteren Wohnung innerlich Panik geschoben hatte, ging der Strom plötzlich wieder an und das Panel, an dem ich gerade gearbeitet hatte, war verschwunden. Heul ...
In unserem ganzen Wohnhaus war ich vermutlich diejenige, die an dem Tag den größten Schaden davongetragen hat. (Lach) Bis dahin hatten wir weder bei einem Taifun noch bei einem Gewitter oder Erdbeben je Stromausfall, darum hat mein Herz die ganze Zeit wie verrückt gepocht.
Und obwohl der Strom in allen Wohnungen ausgefallen war, konnte hinterher keine genaue Ursache gefunden werden. Ich hab nur gedacht, wenn unser Haus irgendeine Art Geheimversteck sein sollte, hat sich in den fünf Minuten bestimmt ein Spion reingeschlichen?! (Lach) ← Das denke ich jetzt auch noch ein wenig ... (Lach)

Neulich bin ich auch seit Langem mal wieder ohne Schlüssel aus dem Haus gegangen (zum Konbini) und kam hinterher nicht wieder rein, weil die Haustür automatisch schließt. Ich wäre fast verzweifelt. Das war übrigens auch nachts gegen eins. (Lach)

(Ich hatte Glück, dass zufällig jemand nach Hause kam und mich mit reinließ, nachdem ich die Situation erklärt hatte.)

Und jetzt fürchte ich mich vor der Nacht?! (Lach)

Dies ist die letzte Seite!!

Vielen Dank an mein Team
an meine Familie
meine Freunde
und an alle Leser! ♡

Schreibt mir doch gerne
an diese Adresse:

Altraverse GmbH
»Mayu Sakai«
Ruhrstraße 11a
Phoenixhalle I
22761 Hamburg

Die neuesten Infos zu meiner
Arbeit und so findet ihr hier!

Twitter: @mayupon107

Mayu Sakai

Sommer 2021

Band 3 hat zwar an einer fiesen (?) Stelle aufgehört,
aber lest bitte unbedingt in Band 4, wie es weitergeht!
Ich würde mich freuen!! Also bis dann!

Ich bin sehr gespannt, wie ihr auf das Ende von Band 3 reagiert. Bitte schickt mir Feedback, wenn ihr mögt. Hibbel, hibbel …

– Mayu Sakai

Hello, Innocent

Reflections of Ultramarine

Mayu Sakai

Koharu besucht eine Schule mit Showbiz-Zweig. In ihrer Klasse ist sie umgeben von den angesagtesten Nachwuchsschauspielern und angehenden Models. Auch Koharu strebt nach den Sternen, hatte bisher aber nur kleine Rollen. Und dann wird ausgerechnet sie für die Hauptrolle des Theaterstücks ausgewählt, das einen der Legende nach zum Star machen soll!

Nie wieder Minirock!

Aoi Makino

Wegen eines traumatischen Erlebnisses in ihrer Vergangenheit trägt Nina an ihrer Schule als Einzige keinen Rock. Sie glaubt, so nicht mehr als Mädchen wahrgenommen zu werden. Als ein Klassenkamerad erkennt, wer sie einmal war, drohen alte Wunden aufzureißen.

Ein Liebesbrief, den du mir nie geschrieben hast

Nana Haruta

Der Tod ihrer besten Freundin hat die zurückhaltende Momoko schwer getroffen und sie droht in ihrer eigenen Schusseligkeit zu versinken. Da beginnt sie plötzlich eine Stimme zu hören, die es sich zum Ziel gemacht hat, sie mit ihrem netten, aber ebenfalls verpeilten Klassenkameraden Ritsu zu verkuppeln.

Cinderella Closet

Wakana Yanai

Das Landei Haruka zieht zum Studieren nach Tokio. Dort angekommen muss sie feststellen, dass ihr die anderen in Sachen Style meilenweit voraus sind. Das ändert sich, als ihr Schwarm Kurotaki sie zum Essen einlädt. Panisch beginnt sie sich mit Make-up und Kleidung zu befassen und lernt dabei die Schönheit Hikaru kennen, die ihrem Modebewusstsein auf die Sprünge hilft. Doch was Haruka noch nicht weiß: Hikaru ist nicht das, was sie zu sein scheint.

Romance 13+

Liebe & Herz

Chitose Kaido

Yo Yagisawa hat im ersten Semester eigentlich genug Probleme. Aber als ein wildfremder Schönling plötzlich bei ihr einzieht und behauptet, ihr Kindheitsfreund zu sein, fängt der Trubel richtig an! Auf einmal beginnen die unheimlichsten Dinge zu passieren. Wer ist dieser Typ und schwebt Yo in Gefahr?

Ein Zeichen der Zuneigung

suu Morishita

Als die gehörlose Studentin Yuki eines Tages in Schwierigkeiten gerät, kommt ihr ihr Kommilitone Itsuomi zu Hilfe. Yuki ist fasziniert von Itsuomi, da er sie trotz ihres Handicaps wie einen ganz normalen Menschen behandelt. Durch ihn beginnt sie nicht nur eine neue Welt zu entdecken, sondern bekommt auch zum ersten Mal Herzklopfen.

Romance 15+

Lieb mich noch, bevor du stirbst

sora

Mikoto will sich vom Dach ihrer Schule stürzen, nachdem sie nicht bei ihrer vermeintlich großen Liebe landen konnte. Da taucht einer ihrer Lehrer neben ihr auf, angeblich nur, um dort eine zu rauchen. Er beginnt ein Gespräch mit ihr und bittet sie, mit ihm auszugehen. Schließlich könne sie doch ihn lieben, bevor sie stirbt …

Lies mich noch, bevor du stirbst

sora

Fans von sora aufgepasst! In dieser Kurzgeschichtensammlung findet ihr fünf spannende Storys aus der Feder eurer Lieblingsautorin! Wie immer erzählt sora melancholisch-herzzerreißend von Außenseitern, dem Erwachsenwerden und der Liebe. Als Special gibt es ein *Lieb mich noch, bevor du stirbst*-Kapitel. Taucht ein in soras Universum!

altraverse

Deutsche Ausgabe / German Edition
Altraverse GmbH – Hamburg 2022
Aus dem Japanischen von Anne Klink

Redaktion: Ulrike Gatzke
Herstellung: Cathrin Hamester
Lettering: Vibrant Publishing Studio

Druck: CPI books GmbH, Leck
Printed in Germany

MIX
Papier
FSC FSC® C083411

ISBN 978-3-7539-0470-2
1. Auflage 2022

www.altraverse.de